三民叢刊 297

橫笛與豎琴的晌午

蓉子 著

三民書局 印行

前言

《橫笛與豎琴的晌午》是我已出版共十六本詩集中的第六本單行本，它遠在民國六十三年由卓有聲譽的三民書局股份有限公司出版。屈指一算，時光如流，竟是卅年前的事了！整個社會也多有改變——因我非社會學家，大可不必去細數當今我們社會多元化變遷的種種切切；然而不容否認的，環境的變遷對一位創作者來說，有不可磨滅的影響。那影響表現在詩是間接的，不是直接的。就像當我們的社會上發生了一件不平凡的大事，經過新聞報導後，立刻引起廣大讀者的注意、討論和關懷。但當一位詩人對所發生的事件有感於心，經過吸收、醞釀、轉化後寫成了詩。雖出自同一事件的源頭，其效果卻完全不同：一篇報導事件的新聞稿，其影響是立即的、廣泛的，可以像開花的炸彈一樣馬上就令人驚詫的；而一首用心經營的詩，卻不一定能引起立即和廣大的效果，其影響是緩慢而長久的。我們從卅年前甚至五十年前就經常聽人說：「詩是少數人的藝術。」詩不是食譜，能提供走向美食之路；詩不是醫書、能告訴人類健康長壽之道；詩亦非美容減肥之書，只能增加一個人外表的漂亮，心靈卻貧乏空虛。尤其到了後工業社會的今天，通俗文學像商品一樣任由大眾消費，而純正的文學和詩卻被冷落在一角，獲不到真正的評價和應有的重視，這不僅是對作家個人的損傷；也是整個社會的損失。近年來由於北市文化局大力推動詩人節和國際詩人節的緣故，多少增廣了愛詩的人口，帶動了詩的活動，是可喜的，因它營造了一種氣氛，讓一般人有接近詩和詩人的機會，進而真正去瞭解詩的真義。詩是對人生的詮釋，對生命的體認。詩人可以透過各式各樣的感觸和動機來寫詩——透過心靈深處的感應。詩也是淩駕一切的、迷人的和神奇不可思議的。因而，詩人為探尋人生的奧祕而留下生命過程中的經驗，是彌足珍惜的。因為往事如雲煙，就以我自己為例，我無法再回到卅年前、甚至更早我寫那些詩篇的年代，因為我早已脫離當時的情境——即使今日我還有以《橫》集中所含的題材、重寫的意願；但已非當年詩篇的原貌原味；是另一種不完全相同的創作了！因為今日整個大環境已經有所改變，加上年齡，我們所能吸收和體認的也會不同於前。

但是當我重讀這些舊作時，當時的情景、人物、感受和經驗似乎重回到眼前，它讓逝去的時光重現，正如法國當代知名作家馬金尼所說：「我們的『鄉愁』即試圖令失去的時間止住不前。」但時間大踏步向前，片刻都不會停留。我們只有從那種心靈與記憶感染深邃的作品中，去再現過去的經驗。於是「時光飛逝/藝術常存」的詩句閃過腦際，那是十九世紀美國詩人朗費羅在〈生命的讚歌〉一詩中的名句。當然他所說的「藝術常存」有其宏觀的意義，不像我此處所舉的例子這樣狹義。

感謝三民書局的雅意，於初版卅年後的今天，願意重拾這本舊作，以新版重印後，再和讀者們見面，對我真是一種意外之喜。在這裡同時我也感謝堅守文化理念和人文氣息的文史哲出版社和爾雅出版社，承他們慨允在這本新版的詩集中無償地引用多位著名的學者、教授、詩人和評論家對我書中部分有關詩章的評論或摘引。他們是前海南大學文學院院長周偉民和夫人古典文學教授唐玲玲；前安徽大學文學院院長、詩人公劉；臺港澳暨海外華文文學研究所所長古遠清；四川大學外文系英語文學教研室主任朱徽；前任教臺灣國立師範大學、現為玄奘大學教授鄭明娳。他（她）們不僅是學者專家，也是有名的論評家、作家或詩人。經由他們的評介，讓讀者更輕省地進入我詩中的世界，他們的感情和友誼將是我最難忘的憶念。真希望讀者也能和我同樣地分享詩的美感經歷和這份喜悅，正如某位英國詩人所說：「美的事物乃永恆的喜悅」！

——民國九十三年十二月

爐火純青的境界
——「横笛與豎琴的晌午」時期

周偉民
唐玲玲

《横笛與豎琴的晌午》是一九七四年出版的一部詩集，距離《維納麗沙組曲》的出版有四年，其中如〈訪韓詩束〉、〈寶島風光組曲〉，其實都是《維納麗沙組曲》時期的作品，蓉子在四年前即已作出了這樣的計劃：「由於風格內容不全相似，同時因為有些組曲還可以發展下去，我都把它們暫時抽出，留待以後另輯一集出版。」這兩部分詩歌就在這部詩集中出現。蓉子說，這冊詩集和《維納麗沙組曲》是雙生的姊妹。

蓉子在〈集後記〉中寫道：「人常以『文窮而後工』來期勉作者，此語卻不太符合真理和事實。即使一個作家能忍受一切物質上的缺失；但無法忍受時間上的貧乏。沒有充份的『時間』，將如何去營建心靈的偉大工程？這『工程』原來就需要吾人全力以赴的。不幸的是整年經月為各種繁冗紛雜所困，為各種不同性質的工作所驅策、連想要把那朵朵已經開放的茉莉花串連成一串像樣花束的閒暇都付闕如，更遑論其它了！」看來，這一段時間，詩人時間上的貧乏，被生活上「繁冗紛雜」的事所困擾，已妨礙了詩人的藝術創作了。

但蓉子是一位堅強的女性，她衝破了重重的困難，又使自己的晶瑩的詩作，再次結集，發出閃灼的光，讓廣大讀者又一次獲得美的享受。詩集《橫笛與豎琴的晌午》，共五十二首詩，因內容而分為四輯。首輯「舞鼓」共十二首，是作者於一九六五年間應邀訪問南朝鮮歸臺灣後的產物，大都是一九六六年四月至八月這段時間的作品，僅〈舞鼓〉、〈瞻星塔〉和〈古典留我〉三首稍後發表。這一輯詩歌，寫的都是南朝鮮風光，〈古典留我〉寫漢城風貌，對於漢城宮殿的庭臺樓閣，這座古城的千重春色，詩人盡情地謳歌：

啊，春城煙籠
此處猶可見東方
昔時明月
淡淡的唐宋

把漢城描繪得古色古香，冠以詩題為〈古典留我〉，更滲進了入古而出古、從傳統走向現代的韻味。〈初旅〉一詩，是寫他從日本到達漢城的感受：

大鵬鳥緩緩地放下翅翼
揮舞著友情的手臂將我們接住
從這剎開始我們的「異國之旅」
而且成為繁花之蕊
濃縮中一片彩色的未知！

詩人對於南朝鮮的初識，其突出的印象似一切都呈現一種古典美，像〈落階，遠眺〉時感到「寬闊的廊廡　庭院與高堂/仍是古昔的情調」。〈宋明衣冠〉中對朝鮮人的裝飾「雲髻高鬟/彩襦羅裳/攬裙裾跨欄檻的步容是古典的！」的讚美，對朝鮮生活的「條几成案/席地而坐/那民間的居室是古樸的！」的陶醉，〈牡丹花〉詩中所描述的漢城德壽宮所見，枝繁葉茂的紅牡丹一片爛漫，在「故宮春寒」中，「僅留下安謐的宮室/深廣的庭園　濃密的花陰/匯合成這一片寂寞的豪華」。〈舞鼓〉是南朝鮮典型的舞蹈，這種舞姿配合著她們曳地的長裙，自有一種古典的風韻，詩人著重描寫舞姿的翩躚：

她拍擊著　鼓聲來自東方
以手之雙玉

以柔衣旋轉……

落下一串溫和的雨的節奏
落自她寬闊的衣袖
彩帶纏繞的鼓的兩端

〈橫笛與豎琴的晌午〉詩裡，蓉子讚嘆朝鮮的古典音樂。這種東方式的古樂令人心曠神怡：

悠悠遠遠的音波　像隔岸擣衣聲
迴響在每一處靜靜的的水上

迴響那沉穩的明麗　沁人的古典
撩人的哀愁和蒼涼的寂靜

詩人以婉約的筆調，抒寫朝鮮的迷人古樂：

這般奇異地滲透著　蒸發著　眩耀著

這種東方式的樂調，詩人給予熱情的讚美。此外像瞻星塔、吐含山、海雲臺等勝地的遊覽，板門店、華克山莊的記述，詩人以詩歌記錄下她在南朝鮮的足跡，抒寫她對異國河山的喜愛。

次輯「一朵青蓮」，包含著十二首詩，據蓉子自己說，這十二首詩發表的時間，前後參差達十年之久，認為：「當然不一定是其中的每一首都值得保存；取捨之間難免滲進了我個人好惡在內。」其中尤其以〈一朵青蓮〉這首詩，影響最大。蓉子在〈集後記〉裡說：「〈一朵青蓮〉倒是引起了個人以外的一些反響，這首小詩初發表於五十七年五月《中華日報》副刊，發表後一個月即有作家菩提主動地為文在《新文藝月刊》介紹，同年十二月被香港《中國學生週報》轉載。次年間，另一大型雜誌《文藝》月刊創刊時，曾將此詩作專題研究評介，由曾獲「文協」文藝理論獎的周伯乃先生和詩人辛鬱分別執筆在同期發表。這首詩也已先後選入日譯《中華民國現代詩選——華麗島詩集》，英譯《臺灣現代詩選》以及《中國現代文學大系》內，並收進早在五十七年由此間美亞出版社出版，現任教奧立岡大學中文系榮之穎博士翻譯的羅門、蓉子英譯詩選《日月集》中。在眾多詩篇中，這〈一朵青蓮〉稱得上特別幸運的了。」〈一朵青蓮〉為什麼獲得如此盛譽呢？其根本原因是詩中抒寫了一種詩意的宣言，是蓉子用詩歌來表達自己的詩觀，藉以探索詩歌的風格；「一朵青蓮」像「青鳥」一樣，象徵著詩人對新詩的期待，成為蓉子詩歌創作成熟時期的象徵：

有一種低低的迴響也成過往　仰瞻
祇有沉寒的星光　照亮天邊
有一朵青蓮　在水之田
在星月之下獨自思吟

可觀賞的是本體
可傳誦的是芬美　一朵青蓮
有一種月色的朦朧　有一種星沉荷池的古典
越過這兒那兒的潮溼和泥濘而如此馨美！

幽思遼闊　面紗面紗

陌生而不能相望
影中有形　水中有影
一朵靜觀天宇而不事喧囂的蓮

紫色向晚　向夕陽的長窗
儘管荷蓋上承滿了水珠　但你從不哭泣
仍舊有蓊鬱的青翠　仍舊有妍婉的紅燄
從澹澹的寒波　擎起

東方式的詩格，古典詩的精神；詩人以古典的素材與新的形式結合，以中國傳統的詩韻，傳統的晚景月色，含蓄蘊藉地表達自己獨特的詩意，有內容的滲透，也有形式的繼承。這〈一朵青蓮〉是詩人蓉子的自我寫照：「青蓮」在「星月之下獨自思吟」的出汙泥而不染的形象，十分幽雅；「青蓮」的古典格調，那「一種月色的朦朧」，「一種星沉荷池的古典」，呈現一種朦朧的古典美；那「一朵靜觀天宇而不事喧囂的蓮」的幽思，那夕照長窗下的蓊鬱的青翠，澹澹的寒波，襯托著青蓮的高潔和幽靜。詩人回歸東方的詩情畫意，向讀者顯示了自己的獨特詩意和獨特風格，像一朵青蓮一樣馨美，這就是溫靜柔美的詩人——蓉子。難怪這首詩發表後，受到讀者的廣泛熱愛和詩評家的高度重視！

這一組詩，古典的情調較為濃鬱，詩人似以懷古的幽思，來打發自己的情懷。像〈睡眠的歌〉中寫夢中的期望：

有一塔古典的期望
冷沉於海洋　未睜眸的
永不睜眸　未開放的
永不開放

倘你再回首
陽關唱盡
啊！智者形象是否怡然如昔？

一襲淡淡的〈鄉愁〉，仍擁有詩人最初的記憶，她的思鄉的情結，難以忘卻：

一切都被磨損

從故有家庭帶來的逐漸用舊
唯記憶常在——
我與母親相通的一根臍帶
每到春天，鄉愁更加濃烈：
哦，每到春天
鄉愁總逶迤遍了極目的芳菲
悵望萬里外的晴朗
而行程遙遠，等待悠長……

由於這一組詩不是一時寫的，所以題材多樣。像〈失題〉，嘆在不真實的競技場上，「夢」常被擊傷，〈髮憂〉、〈變〉寫驀然驚悟年華已逝。詩人把自己稍縱即逝的瞬息的詩思情意，都付諸於筆墨之中，記下了自己生活的一頁。

第三輯「禱」共收十四首詩，「內涵與篇幅均較第二輯略廣，它們已不全是狹意的個人抒情而更涉及自我以外的人、物、事象所加諸一己的感受。」在五月端陽中，她寫下〈端陽曲〉，為紀念偉大愛國詩人屈原而作，悲悼這麼個才情和人格同樣卓越而受忌讒的偉大沉痛靈魂。詩人在那咽嗚的汨羅江上尋找屈原的形象，深深懷念屈原「滿腔的熱愛向誰傾訴」，悼念屈原「詩如長虹絢爛而身沉永寂的碧波／那忠魂的漣漪常在水深處……」當他聽馬思聰小提琴演奏後，寫下〈也是月色，也是湖光〉一詩，描繪音樂家「跳躍的弓弦」奏出迷人的樂曲：

波光　跳躍　跳躍　波光
湖水拍擊著岸崖
旋律款步在風中　一樣的水彩
分不清是月色還是湖光？
而一曲思鄉曲柔緩迴盪
我們就這樣盼望春曉！

〈牡丹花園〉一詩，是對生長故土的眷念，係抒歷史的鄉愁。〈一隻鳥飛過〉則是詩人對社會所給予的盛譽的超然態度：「一隻鳥飛過」，「是一握閃耀的星／一束無聲引燃的火柴　或／一枚黃橙橙的戒指——／奈世人每為那黃色所惑　辨不清金、銅。」蓉子的詩譽幾十年不減，唯因她堅持自己的信念，自己的風格：「一棵樹上升／詩人們下降／樹碧綠而挺直／唯詩人下降／詩仍然無價」真正的詩歌藝術是世界上的無價之寶，只有詩人自己不俯仰隨俗，堅持走自己的路，才會永恆。〈老牧人的一生〉寫一位以基督的愛為出發點、無視於世俗名利的老牧師，其生命所流露出來的價值和光輝。在那古老的教堂園子內，「舖滿了那慈藹老牧人佳美的腳蹤」他是一個普通的人，一個不囿於世俗名利的「忠誠謙卑的典範」：

當他安睡　沒有喧赫的儀仗
世俗的新聞紙上也不刊載他的名字
然而他的羊群　書本和
園裡花卉都會深深地將他懷念！

〈迴響〉和〈禱〉詩是打發詩人的生活理想及宗教信仰，〈山岡二重唱〉是因一九六〇年參加「復興文藝營」有感而發，也可說是廣義的對「文藝山莊」的回憶。蓉子說：「當然令人深切回憶的，不是一座空空的山莊而是活動在山莊上的人和事以及那些難忘的經驗。」這首詩寫詩人與少年繆斯們歡樂聚會，向他們傳授出自真正心靈的寶貴知識和經驗，為他們揭開詩或藝術的奧秘以及少年詩人們對未來理想的熱情期待，通過山岡上二重唱形式上的對唱，讓師生間的深情厚誼，洋溢於字裡行間：

少年繆斯是夢裡閃亮的眸光
——一大撮迷人的欣喜
那些期許的青枝將匯成綠葉萬千
等待著色彩的明天
在頭角崢嶸的山嶺

這一組詩中，還有〈姜德比妣〉，取材於糜榴麗、詠麗姐妹編著的《印度古今女傑傳》中「南印女傑姜德比妣」的故事，描繪姜德比妣對抗敵人的勇毅與智慧。〈歡樂年年〉，則是「十二月令圖」觀後所寫的詩篇共十二章，每章代表一個月份。詩人在〈集後記〉中說：這首詩「係從現代人的繁忙、通過「十二月令圖」而窺古人的從容與安詳——不管怎麼樣，古人有一種維繫生活的秩序；進入高速度的工業文明後，似乎原有的秩序像一盤棋突然給打翻了，人類頓失重心。另一方面、人追尋絕對自由，矛盾的是人類的個人自由愈多，擾攘愈甚，失落也更多！因此我以為即使在廿世紀七十年代的今天，去探尋人與神、人與人的關係，人與事物間的秩序，仍不失為智慧之本。」長詩以古代生活的幽靜安祥反襯今日生活的繁忙，像〈三月〉一章的描寫：

有那樣的香訊　我又嗅到春的歡悅
杏花江南雨　為她平添幾許媚
遠方的山　近處的城　池塘與阡陌
全都揚起了深淺高低不同的綠意
深閨的小女兒也都走出了繡閣
鞦韆上長袖飄舉　長裙飄拂
薄暮時依然輕掩朱閣
屋外柳色濛濛　近處樸鼻的花香
城外春漲一江花雨
遠方有行旅走遍天涯

整首詩的抒寫筆法，傳統與現代精神相凝結詩意盎然，人們十二個月份生活的面面觀，在濃重的詩韻中再現，充滿著古典溫婉的情調。

終輯〈寶島風光組曲〉共十四首，寫臺灣的美麗風光，〈那些山、水、雲、樹〉、〈金山・

金山〉、〈蘭陽平原〉、〈礁溪的月色〉、〈五峰瀑布〉、〈燕子口的佇立〉、〈內湖之秋〉、〈溫泉小鎮〉……等等，詩人以綺麗的筆法，描繪臺灣的山山水水，阿里山鳥鳴，澄清湖小憩，在在都令詩人心曠神怡，詩人為祖國美麗的山光水色而驕傲；當各國作家到臺灣參加第三屆亞洲作家會議，讚嘆臺灣秀麗的景色時，她也分享了祖國河山的榮光：

而這刻岩上谷旁植滿了各國移來的植物
正用不同語言的花朵和百種聲音
驚嘆這兒的神秀——
於是我也分享了祖國河山的榮光

——〈燕子口的佇立〉

詩人因酷愛旅行，熱愛大自然的美，寫自然景色得心應手。在她的筆下，臺灣寶島的景色也更加多彩多姿，眩人耳目。

——摘錄自《日月的雙軌》（文史哲出版社）

橫笛與豎琴的晌午

次輯 一朵青蓮

終輯　寶島風光組曲

鼓　舞　輯首

古典留我

古典留我　在鄰國
隔著海水留我　在春暮
那時「香遠池」的一池蓮紅尚未睜眸
鳥聲在漢城各座宮殿庭院內滴落
如密密雨點落在鬼面瓦上
一處處都是回響……
夢在江南　春色千重

【詩評】：

「古典留我」是作者於一九六五年參加臺灣女作家三人代表團，訪問南朝鮮首都漢城時所寫。這首抒情佳作，於詩情畫意中寄託了對中華民族的熱愛和對祖國的深情懷念。

開頭一句寫得很有韻味。作者不直說我留戀古典，而倒過來說，「古典留我」，一方面是為了突出「古典」在我心目中的強烈印象，另方面也是為了在音韻上產生「聲諧而句警」的效果。

蓉子是臺灣新古典主義流派的重要代表。她的詩作，創造性地繼承了唐詩宋詞的優良傳統，帶著濃郁的古典美的韻味。這首詩的古典美，不僅表現在題材的選擇以及熱愛偉大

柳絮兒滿城飛舞
夢在北國　漢家陵闕
鷹隼飛渡無雲的高空

白衣峩冠的老人走過漢城街頭
他靜靜垂釣於千年前的湖泊
在歷史故都的城郊
像從未識廿世紀的喧嚷和干戈

啊，春城煙籠
此處猶可見東方

的中華民族的思想內容上，而且表現在氛圍的創造和語言的運用上。「夢在江南　春色千重／柳絮兒滿城飛舞」，這些句子都很美，且聲韻蕩漾，處處流露出一種令人陶醉的古典詩詞的神韻美。「春城煙籠」，使人聯想到「煙籠寒水月籠沙」（杜牧）的名句；「昔時明月」，亦可能是從王昌齡的「秦時明月漢時關」點化而來。但新古典主義並不是復古。「古典留我」

昔時明月
淡淡的唐宋

亦不是古代人而是現代人寫的思國懷古之作。用「密密雨點」形容鳥聲的密集，以及「像從未識廿世紀的喧嚷和干戈」的議論，均說明作者繼承傳統、但沒有株守傳統，而是融合「孝子」與「浪子」的精神再創造新的傳統。

——古遠清《看你名字的繁卉》

（文史哲出版社）

初旅

海水像幕帷
揭開了長崎又闔上
拉開了東京不夜的繁華
然後是等待中的漢城
緩緩地揭開　呈現
像預言　像童話
像歷史

大鵬鳥緩緩地放下翅翼

揮舞著友情的手臂將我們接住
從這剎開始我們的「異國之旅」
而且成為繁花之蕊
濃縮中一片彩色的未知！

落階，遠眺

落階　遠眺
　月牙　拱門
囍字兒的燈光亮　更亮
　在走廊內外
寬闊的廊廡　庭院與高堂
　仍是古昔的情調
似曾相識的面容
　小時侯所見過的面容

更古代的面龐
啊！一種驚喜油然地升起了
——在山河和國界之上

宋明衣冠

宋明衣冠　宛然
靦然　是畫中仕女們的笑
窸窣衣裙走來相晤相握

雲髻高鬟
彩襦羅裳
攬裙裾跨欄檻的步容是古典的！

條几成案

席地而坐
那民間的居室是古樸的！

春暖宮苑靜
玉樓瑤殿依舊
風中似聞隱隱的鐘磬……

啊，綿邈是通往古代的路
春日凝碧　春日凝煙
濃蔭深鎖千年前的祕辛

牡丹花

——漢城德壽宮所見

看成簇的豔紅　成群
成芊芊　在晴朗的風中
一朵　兩朵　千萬朵
像是滿園彩袖　在上林苑
——一片枝繁葉茂的牡丹紅

滿地歡顏　一片爛漫
還是無端照人
未悉物移星轉

帝后們的跫音已遠……

故宮春寒
僅留下安謐的宮室
深廣的庭園　濃密的花陰
匯合成這一片寂寞的豪華
響徹了昔日金門重鎖的
綠蔭深苑

舞　鼓

她拍擊著　鼓聲來自東方
以手之雙玉
以柔衣旋轉……

落下一串溫和的雨的節奏
落自她寬闊的衣袖
彩帶纏繞的鼓的兩端

園庭風起

【詩評】：

「舞鼓」是典型的韓國民族舞蹈，這首詩記述詩人在韓國觀賞舞鼓的感受和聯想。

我們知道，詩歌的音樂美，主要由詩歌的節奏和韻律來體現。蓉子的詩，有些是押韻的，更多的是不押韻的。但無論押韻或不押韻，她的詩作在節奏上都非常講究。

這首詩在形式上頗具特色，全詩四節，每節三行，顯

荷花池中有漣漪　那是溽暑中的清輝
散發著幽涼的香息

然後她莊靜的臉微垂
藏匿在胸前的鳳凰彩羽間
像一朵盛放後的玫瑰。

得很別致。節奏上是長短句相間，每句二或三頓，使讀者彷彿感受到表演舞鼓的韓國少女時而急促時而舒緩的舞步。全詩的韻律也獨具匠心：第一、二節用「言前」韻和「由求」韻組成「抱韻」，第三、四節用「衣期」韻和「灰堆」韻組成「抱韻」和「交韻」，由此產生一種回環往復的音樂美。用這樣的節奏和韻律來表現韓國少女表演舞鼓的動作和節奏，展示東方舞蹈的古典風韻，正是詩人的用心所在。

——朱徽《青鳥的蹤跡》
（爾雅出版社）

橫笛與豎琴的晌午

悠悠遠遠的音波　像隔岸擣衣聲
迴響在每一處靜靜的水上
迴響那沉穩的明麗　沁人的古典
撩人的哀愁和蒼涼的寂靜

又一全音階的時刻
橫笛與豎琴的晌午　透過長長的格子窗
看明代宮娥　倭髻垂頸

玉簪珠翠　用纖纖手指撥響：
瑯伽的古代　靈鼓的往昔
琵琶的域外——
往昔　往昔是一組單純的編鐘
清朗而明悅

而低低的鼓音響起　急驟的鼓音
迴旋似水波的鼓姿
這般奇異地滲透著　蒸發著　眩耀著
一古老民族的情愁　分不清是悲壯或哀怨

啊，東方恆在　透過窗櫺
在不遠的距離以外！

瞻星塔

二千年前那女王就有瞻星的夢
此刻喧嘩的腳步已寂
那芬芳猶存

萬山崢嶸　萬水浩瀚
千眼和千臂都為此而工作
磨石英　長石　雲母築此高塔……

「時間飛逝，藝術長存」

後記：

瞻星塔為韓國善德女王時代的遺物。善德女王為古朝鮮新羅時代第廿七代統治者，被稱為文化的黃金時代。瞻星塔用廿七層厚重的花崗石砌成，高九公尺、底層直徑五公尺、頂端直徑二・六公尺。五十四年春赴韓訪問時我曾親見此塔，矗立於古都慶州城外。

新羅時代無比的光榮已沒
而她所瞻的星光猶亮

吐含山之攀登

就如此攀登　踏一山夜色
沐靜謐中的寒冷
仰猶未解凍的月與
天明前的曉星去尋日

涼冽孤懸在此
晨輝在此凝聚　曚曨裡
山畫許多許多弧形
列隊在東海之上

註：「吐含山」位韓國古城「慶州」城外，山坡有「佛國寺」名剎，山頂有著名的「石窟菴」，均有兩千年以上歷史。

千尋下　海湧起壯闊波瀾

滿山落下怡人的翠黛
就這般那月色玲瓏的光影
灑滿異國山嶺——
天明時我們將洞燭一切的光景和瑰麗
那晴美山岡與躍動的海洋

曙光中
每一樹枝與岩石都向黎明伸展
而晨露滴落
蔥翠滴落　無邊的豐美擴張

山頂石窟有太多成形的神話
啊，我向上仰望　我渴望高揚
鷹隼一般地振翮將諸般塵囂脫落
群山都靜默　哲人似地凝望
大海也不聞奔騰的激響
那紅日從東海群峰緩緩升起的景象！

海雲臺

我們憩息在此　今夕
在夜的紫色氤氳內　我們臨風
在異國海港　層樓之上
——我們踏鮮花與晚霞的路走來
沐浴在友情的溫泉裡

白日太耀熠　夜遂疲倦
真想擁被入夢　而海在樓下
海在窗外向上仰望　在月光裡

註：「海雲臺」為釜山近郊的夏日遊憩勝地。

「明晨即將離去　而
竟連我容顏都未看清！」

這樣蜉蝣般的逗留
在海雲臺之上　是過客
海在腳下翻湧　正如白晝
白晝是另一種潮浪的翻騰
而明晨走後將不再回來

浪花拍岸　夜深得像海
那愴涼的音響一如我們的無常
以欣然來　以離情去……

板門店

海水起落著　在自由之門的橋下
民主與極權仍然對抗　在板門店
在不聞槍聲的戰爭中

多麼奇特的觀光櫥窗？
不陳列風景　也沒有「羅馬假期」的笑
只長年地展出一個傷口
——十餘年來不曾縫合的創痕
卅八度線就這樣悲劇性地割裂了

朝鮮半島一千三百年的完整
連土地都感承那劇痛！

在槍聲已靜寂的荒涼裡
一根長長的白線的兩邊
民主與極權　以沉默的冷漠相望
然後爭吵在會議桌上

爭屋頂的高度　量旗桿的長度
比會議的次數——
這是歷史上最長的一次休戰
板門店依然缺少綠意！

華克山莊

戰爭　荒涼的山莊
是人類的意志和雙手　在此
展示巴黎與紐約的夢和繁華

華克山莊是躺臥在古老河床上
一現代文明的大觀園
夜迴旋著千百種色彩的燈光
斑爛了「漢江」
在那綜合性的大舞臺上　高麗

讓他們的妙齡女兒　同時
展露古老的東方和年青的西方！
日夜俯視著源遠流長的漢江
華克山莊　傳統和現代匯聚在此河谷

當晨光隔著大幅玻窗向我們呼喚
陽光用它全幅的金黃掛滿敞窗
那豪華物質文明的旋轉舞臺
便急速隱沒於這無限的山光水色中

偶然回首昨夜來時的路
有無數國旗友誼地招展著——

仰飲那青天白日在陽光裡的燦麗
啊，就禁不住為我們的國籍而驕傲！

次輯　一朵青蓮

氣候

火曜日
彩裙子的夢
你的名字如不脛而走的
風。　在
暮春的北國和
豔麗的南方

這真是荒謬
倘你說：

「我是被偶然的光榮攫住　如
一隻無奈的彩蝶」

那節日輝煌無比
披一身鮮麗的紅裳　在春與夏
然後回到你的族人中
看蕭條的秋景　聽
秋雨和
秋風

用燃燒的眼神衡量
那光輝

用變形的臉容
測量你所受的寵愛
然後回來
回到你自己的同胞
聽秋雨淅瀝　總不轉晴

五十四年十二月《前衛》

三月詩箋

大地正錦繡花紋　鳥哨在鬱鬱長空
歡樂的原野尚未盛放千花
穿稚綠新裝的小草即將遠行……

我不想遠行　向故國以外的春天遠走
——總想回去年少的樓頭
把明媚春光帶回今猶封凍在
深厚冰雪裡的故土
而三月有足夠的未來

還有無數待塗抹的顏彩
看山茶和水仙　丁香與蘭蕊
正不停地撐開它們旋轉的小花傘
把三月籠罩在無盡的笑靨之中！

五十六年三月《幼獅文藝》

小品一章

（花　藝）

楊柳隨風飄瘦
（岸邊曉風明月）
一些平凡的羊齒將他圍住　團團地
——她們叫他長於陸地的男子漢
他卻優柔得如咱們舊小說中的書生

而在另一邊　稍前方
揚起一雙輕捷的芭蕾　純白的
伴著一對娟美的綠菱豔

凌波而卓約 因她是水生的
他和她配成了一雙

六十一年七月《暴風雨》

音樂盒子

我轉動我那小小的音樂盒子，遂有夢升起

夢見　夢見
伊人　夢見
夢　　夢見
海　黝藍的裙裾
窗帷飄起
帆影遠揚
一千綹襉　隨風而去的
花香……

你在何處？
東方　牡丹園中的
牡丹花？
踏上那樓梯是一組沉重的鐘鳴
滑下時是一串輕快的銀鈴
你在何處？　不摘繁華
不凭窗几　不倚亭榭
夢深處　欲賦新音
河海深處
洛神來歸

你是我幼年時月季花的苞芽

你是我少年時的雪意
你是我成年後君尊的祭司
一千條平行線
春雨綿綿地落著
那般不著顏色的絲線
一千條平行線重疊　垂直而下
夢裡總是淒淒……

我從未有夢崩潰　僅僅是
未成式樣　那東洋的音樂盒子
依然在我耳旁叮噹
夢湖　夢海

海上有天使飛翔　微寒春雨裡
一朵清純明麗的山茶花！

傘

我底傘　為偶然所遺忘
留置於長廊的彼方
我在此　在淺色的煙靄
在距離的這頭

隔著馬路天橋地道
在濡溼的迷濛裡
任毫無掩體的雨的玻璃箭襲擊
踽踽於車輛湍急的河谷

沿著日腳的軌道走　我底傘
眈著我　睇著我　且舞且蹈
空迴千轉　時開時闔
不離我左右

與我同行　像影隨形
與你同行　與他同行　千花旋轉
旋轉在朦朧的河床之上
旋落了一千透明的音響……

五十九年三月《落花生》

一朵青蓮

有一種低低的迴響也成過往　仰瞻
祇有沉寒的星光　照亮天邊
有一朵青蓮　在水之田
在星月之下獨自思吟

可觀賞的是本體
可傳誦的是芬美　一朵青蓮
有一種月色的朦朧　有一種星沉荷池的古典
越過這兒那兒的潮溼和泥濘而如此馨美！

【詩評】：嚴肅的詩人誠然不會有意識地去通過某首詩來「宣揚自我」，然而，身不由己，筆不由己，一旦她如實地寫出了一己情愫之所寄托——中國人數千年的審美對象：蓮荷，那就會自然而然地形成一幅客觀上的自畫像，一段客觀上的內心獨白，這的確是不由人的。古今中外，許許多多詩人的愛憎之情（那怕是用了極含蓄、極隱

幽思遼闊　面紗面紗
陌生而不能相望
影中有形　水中有影
一朵靜觀天宇而不事喧嚷的蓮

紫色向晚　向夕陽的長窗
儘管荷蓋上承滿了水珠　但你從不哭泣
仍舊有蓊鬱的青翠　仍舊有妍婉的紅燄
從澹澹的寒波　擎起

五十七年五月廿五日《中華副刊》

蔽的形式），都正是他（她）們人生的取捨選擇、他（她）們認定的價值標準的自然流露，從而又成為別人研究他（她）們的重要憑證。

這首抒情短詩，不是鴻篇巨製，它的特點是精粹與精緻，有如一粒水晶，一顆金剛鑽，於沈靜的光輝之下，明淨得使空氣感到羞愧，卻鋒銳得教空氣也想逃避。

——公劉〈詩國日月潭〉
（文史哲出版社）

睡眠的歌

喧嘩升起
歲月下降　我永不言說
那歌　睡眠在我的沉默之上
千塔萬影　縈繞著
迴響著……

有一些容顏逐漸迷離
有一些音響已成絕響
有一些蕭蕭　踮起腳尖

悄悄地步入心頭

有一塔古典的期望
冷沉於海洋　未睜眸的
永不睜眸　未開放的
永不開放

倘你再回首
陽關唱盡
啊！智者形像是否怡然如昔？
——有一棵樹　突然地
舉起了蒼翠　盛夏了

那年的南方
而洶湧的浪花邊
有一抹古典的花紗
那茉莉深睡在谷底
望不見你袍影　出岫時
仍是一片蒼白的靜默的雲

鄉愁

悠然出岫的仍擁有最初的記憶
我但願能永不冷卻和
變為沉重的淚
永繫住那一片輕盈

（曾被蒸發了太多
誰會慈心地為我
添加一些美液
——在心體嚴重失血之際）

訝異於我淚的沉墜
山林原野都青翠
想我丟失太多
因不勝憂思的負荷而下墜

一切都被磨損
從故有家庭帶來的逐漸用舊
唯記憶常在——
我與母親相通的一根臍帶

有時遂想離去

離開這牢牢鬱結的屍衣
逃出這一程照不見影兒的枯涸
回我最初的居地

哦，每到春天
鄉愁總逶迤遍了極目的芳菲
悵望萬里外的晴朗
而行程遙遠，等待悠長……

五十年六月廿日《縱橫特刊》

失題

我是傳說中的希望
在奧林帕斯諸神俯視的崗嶺
當有原則和美的競技

僅僅點燃一盞煢煢燈光
我成為現實中的衰弱
風沙裡難見一棵樹
星子們低聲呼喚
啊，這是窄路！

人們油然地彼此爭噪
重踏他們他們便捷的腳步
諂媚的糖　麻醉的煙塵
淆亂了晝夜　以及
聖火之熊熊

我底夢遂在其間為隕石擊傷
任河水的菱花鏡反映出扭曲的顏容
突然中斷了我心中歡悅的歌
造成那形成韻動音響之故障
不能彰顯啊　神的形像

四月之鏡

四月是殘酷的月
因你是風砂中的旅人
有過受傷的腳

殘酷的四月來自三月的溫和
溫和的三月來自二月的冷漠
來自沉冷的一月或十二月
遠溯至酷熱的七月
啊，七月七月是喧鬧的

因為它來自愚人的四月
那愚人且自愚的月份

啊，我們的四月
我們的氣候
我們的隱憂
——一棵樹分歧
眾樹都停止了唱歌

草莓在四月到處吶喊
以它們豔紅的慾望欲登極寶座
追蹤神祇　踢踏同伴

擊落星群
夜色遂如晦了　如在焚城之後。

髮憂

你染你紅色的髮為咖啡，
你染你黑色的髮為玫瑰，
——我便在咖啡與玫瑰中沉溺。
灰髮是最尷尬的節令
黑髮裡滲著銀絲，
（人寧見白雪晶瑩或烏絲華年）。
有人六十始華髮
有人卅五已兩鬢斑
有人染她如鉛的髮為那種

怪異的黑　似人性底冷
似張翅的山雉之姿

我真喜歡母親給我之髮質
——一頭茂密而柔和的淺棕色
可惜金髮裡滲著銀絲
而我又不願變貌變色——
鋼絲它或玫瑰它

驀然驚悟為何我竟有此種煩憂
是啄木鳥在將我的歲月點滴剽竊！

五十八年四月《幼獅文藝》

變

突然變得很年老　很倦怠
地球不停地繞著太陽轉
此刻從這一方窗框看出去的
那些昔日風景忽然變換了
（因舞臺不停地旋轉　旋去了
你的熟稔　帶來陌生）
眼中不再有星光閃亮
夢中不再聞四月花香
——所有的那些都已信而不徵了

島上熱氣蒸騰
夏正蝸牛樣的爬著
如你耐心地等牠
一年又剩下尾巴——
曾經贏得你祈禱的天使
轉臉惡魔樣猙獰
我幾乎不能相信時間已過去這樣久？
我也從不曾意識到　點點滴滴的時間
會慢慢積聚成災！

童年所聽到的千百個故事都已溺斃

只剩下一根沉甸甸的金杖　時間？
那能變幻一切的不可思議的魔杖
它點鐵成金　一棵小草忽然變成了大樹

滿桌盛宴轉瞬消失無蹤
有童稚的臉滿月般成熟
昔日牙牙學語的今已雄辯滔滔
但亦見壯士老衰　權威崩陷
不朽死亡

就這樣時間以它多變之貌唬我
且帶動空間移轉　甚至星光

我們也升高為另一代！

六十一年三月《現代文學》

禱　輯三

端陽曲

——紀念屈原

我依舊看見瀲灩的波光　鼓聲劈浪
千槳如千鳥之翅　在汨羅江上往復迴盪
——為尋您　為尋找您的形像

節日多歡笑（碧水卻寒涼）
綵扇香囊　沽酒雄黃
艾煙與菖蒲　季節雨落下蘭蕙的幽香
南方多妍媚的花朵

誰體您心中的愁苦　榴花紅如火
您的歌聲如血　長隨汨羅江水咽嗚

咽嗚　哀您容顏如霧
又憔悴　又蒼白　憂思惸獨
滿腔的熱愛向誰傾訴？

無處傾訴　冷冷的水波流過
詩如長虹絢爛而身沉永寂的碧波
那忠魂的漣漪常在水深處……

五十八年詩人節初刊

也是月色，也是湖光

——聽馬思聰小提琴演奏後

倘月色是新娘覆面的頭紗
有白色的尼龍迤邐向湖水和山岡
就像那藍色的煙霧
就像那濡溼了的眼眸
而月色已淋溼了這兒三里方圓
疾走是跳躍的弓弦　以活潑的快板
舒暢的行板
水一樣潺潺地流過……

潺潺地流過　迴流著悠遠的音響
春季有掩抑不住的歡悅
冬是沉冷的宮闕　除卻白色的寧謐
唯聞琴音悠揚
唯見一樹溶溶的月色灑落
夢裡霧裡都是錦葵花紫色的芳芬

波光　跳躍　跳躍　波光
湖水拍擊著岸崖
旋律款步在風中　一樣的水彩
分不清是月色還是湖光？
而一曲思鄉曲柔緩迴盪

我們就這樣盼望春曉！

五十七年七月五日香港《中國學生週報・美麗的臺灣特輯》

牡丹花園

——對於生長我故土的眷念

豔紅而純粹的牡丹花
確曾臨風歡舞在初夏
以紛陳的美　在異國的宮苑
向我展現了夢中的繁華

紅雲映照滿天　純白的匹練
尊貴的朱紫與黃裳——
那原屬於古中國的繁豔
富麗中自有一種溫文、嬌美

花瓣們都繾綣　葉子微黃而綠
流露出如許親切的回憶
遙遠的昔日之華美與諦念啊
許多的東方在此薈萃

以絕色之姿
絕色的嬌豔與華年
為一個古老的人們所簇擁著的
富麗啊！

盛妝的閨秀般深抹了醉人的脂紅

你眾芳之后
豐盈而意態悠閒
如豔陽噴湧著古典的燦麗

看彩霞呈瑞
牡丹盛放
喜鵲在屋簷叫喚吉祥　彼時
東方的絲路正光滑流暢

每條路都引向東方
掩映在密林中
神祕的東方

一片豔美的霞光

怎奈千年後
那美豔變得如此冷澀
縱然花朵萬千　依舊迎風豔舞
奈何場景已換

物移星轉　彼處僅餘冷寂的宮牆
你絕世的美
徒然籠罩在歷史彩色的陰影裡
反映出那一片不再的榮華！

五十五年五月

一隻鳥飛過

一隻鳥飛過
七隻鳥都驚恐
想整季長長的夏天
雲緩緩移步的純美
這刻已雲散煙消

一雙鳥飛翔
七十隻都驚慌
驚彼之飛昇

拖曳其翅尾
爭拾著那掉落的翎羽

一棵樹上升
詩人們下降
樹碧綠而挺直
唯詩人下降
詩仍然無價

啊，我所認識的詩人是一蓬煙
是一握閃耀的星
一束無聲引燃的火柴　或

一枚黃橙橙的戒指——
奈世人每為那黃色所惑　辨不清金，銅。

六十年十二月《純文學》

城內、城外

明媚依舊　城外空曠
依舊陰霾　城內擠窄

骨鯁著的城牆連著城牆連著城樓
斷然割裂著：
淒苦霧雨中單薄的花朵
或一庭樺樹茂密的溫馨
直等到長街破碎代以洶湧流水
人群無休地追逐牽扯與糾葛

工作　市聲　暈旋
唯城外的風景永不使我厭倦
人們用喧嚷砌成登天長梯
欲攻佔永恆的橋頭堡而姿態不美則甚
且升起喧囂與爭吵　且爭分糖果如孩童
——唯城外的風景永不使我厭倦

在南方
密林的青蔥衣綠了平原
海卻在平野外起伏　翻滾　轉側
任成形的空氣在城裡躑躅　凝為流塑
啊！城內　城外　城外　城內

——倘內外已泯沒了距離
你何妨也拆除那僅僅作為裝飾的城樓！

現象

浮生風範皆蕩然
海角有樹有蟲葉斑剝
蟲蟻披蛺蝶的彩衣欲躍上霓虹的高度
在庸庸的羽翼

營營的競嚷裡
世人的右腿與真理均麻痺
鄉愿我直髮民族的女兒均效黑人去曲髮
陷彼曲髮的重圍衝鋒而不能陷陣

享以口腹配以妖嬈在金紙剪貼成星的天空
順流滑下彼虛驕之舟愚人之船
如泡沫之浮昇迷離著年少的眼神
兩岸有空洞之目謠詠之羽毛以及漁人之足

六十年二月《純文學》

畫像兩幀

裸

他全然赤裸　裸於光
也裸於影　裸於黑
也裸於白　他全然赤裸
無一葉之庇

光的箭頭總是戟人的
（那能忍受的是聖者！）

因為容受不了那刺激
輒波蕩為怨誹……

他極易顯露殘缺
人們總以七倍計算他底短
他嬰孩樣的無猜
祇因他全然赤裸　無一蔽之葉。

袈裟

他以一襲袈裟
贏得一路膜拜或憐憫
——一套破舊的袈裟

那袈裟代表苦修　無為　抑虛飾？
當那種衣飾對於我們的城
業已成為一種珍奇

我每見袈裟內有閃爍的眼睛
流露出卑瑣、慾望與爭競
遂惋惜它裹著的不是一種禪　一種淨寂！

五十四年六月《劇與藝》

城的聯想

突然有一種奇異的感覺　就好像頭一次才發現
那許多地理教科書上的名字
從機械上升起　一字排開肩並肩地站著在此
使天涯變為咫尺

漢城
漢堡
就疑似漢家城闕（當它們成為孤立的名詞時）
一對親兄弟般地並立著。

而它倆的左方　羅馬巍然地醒來
哦，神聖的羅馬　光榮的古代　今日式微的意大利；
同時它又是一個現代中國詩人的名字
——從一個海濱碉堡直走入美國學府的
而這刻是猶帶寒意的春天　雪壓住了我底欣欣
（漢唐的榮光何在？）　越南南下在戰火中
倫敦在帝國的薄暮裡無顏色
萬紫千紅在大阪[註]

五十九年春末夏初

[註]：指一九七〇年春，世界博覽會在大阪揭幕。

老牧人的一生

——敬輓　郭馬西牧師

從此隱熄了
那老牧人　一個忠誠謙卑的典範
他在　上帝的家盡忠
安靜的完成了他偉大平凡的一生

古典的鐘聲依然清越　在每一主日
呼召他的羊群去吃草
古老教堂的園子內　青青的牧場上
鋪滿了那慈藹老牧人佳美的腳蹤

他不願從歲月退卻
——他捨不得他的群羊
他將有生之年全部奉獻
直到他回歸天家的日子

當他安睡　沒有喧赫的儀仗
世俗的新聞紙上也不刊載他的名字
然而他的羊群　書本和
園裡花卉都會深深地將他懷念！

五十五年七月三十一日《基督教論壇》

禱

登七層臺階　依肅穆山影
神　上到北門
與祢同行

海水在不遠的腳下怒吼
伸舐它重重的紛擾——
翻滾　旋轉　奔騰　嘶吼
引我　攜我　神
救我脫離此氤氳　來自近處

遠處　那欲撕我成碎的紛擾
倘我被撕成碎片
祢如何再補綴？
倘我銹蝕
祢如何再磨光？
——還我寧悅的故我

請為我調整那距離　以祢的慈惠
賜我不遠處的山崗　任海激盪——
助我柔弱的心能耐此震盪　釋我
從不安崩潰和眩暈　引我

跨越此波濤的狹谷！

登八層臺階

神 上到東門 披黑色面紗

與祢偕行！

五十三年七月

迴響

倘我不去　靜謐若是
山依舊崢嶸　水依然無邊
天空仍舊深湛
唯你乾涸在內地　而島消瘦在角隅

看鏡面如此交錯
山重疊著水　原野重疊著城市
影像重疊著人物
臉重疊著渴望

嘩然若失　這許多臉
喧囂浮滿整個城池　垣堞自頹
繁花自焚　倘我不去
有夢也憔悴　有翅也萎翕

我去我去　山嶺原野都青翠
江河日益嫵媚　且躍動如飛瀉的泉源
海岸格外金燦　季節愈益舒展
跫音迴盪不絕……

星在城外點亮　風景在城外

且湧起期盼的眼神　滿樹巔的鳥語落下
有些葵花似的仰望
日影與風與稻穗都長大

六十二年七月一日《文壇》一五七期

山岡二重唱

——詩贈少年繆斯

一A

蟬聲似織　跫音響起
青青的他們便這樣走上山岡
河水　河水流自四方
如朝聖者的步履要砌造殿堂
攀登是艱辛的
有千萬石級要走

詩後衍記：

以上這首詩，是基於對五十九年「復興文藝營」的感受而寫；也可說是廣義的對「文藝山莊」的回憶。當然令人深切回憶的，不是一座空空的山莊而是活動在山莊上的人和事以及那些難忘的經驗。時間雖祇短短的兩週，講師們的諄諄善誘，同學們之間的深厚友情以及彼此間共同的理想和志趣，把山莊的白晝和夜點綴得那樣美！真的，如果不是為了對文藝女神的那份敬誠和愛戴，同學們就不會在假期中離開自己舒適的家，從島的四方冒炎熱走上山岡，老師們也不會在各人已經夠忙的本位工作之外揮汗走上山岡，向這些純潔的青年獻出他們一己寶貴的

這便是他們的木魚和磬　朝朝暮暮
嚮往和體認的起頭

一B

身在此間　心在山裡
一山的陽光燦麗無邊
珍妮的影子步步導引
——就這樣我們饕餮滿嶺青翠
我們敬虔地仰望
心中夢境便這般這般地迴旋成章
縱然滿山已嫵媚　為一片新葉

知識和經驗……
記得在文藝營開課後的第一個週末下午，我為詩組同學安排了一個純是女詩人的座談會。時間是下午四點到六點，可是在座談會開始前約半小時，傾盆的大雨來了，一時雷電交加，我無法從半山腰的宿舍走到前面的辦公室來，眼看著時間刻刻逼近，雷雨仍舊不停，衷心焦急不已。因為被請的幾位女詩人即將老遠地從臺

一朵小花之增添　整座山都露出動人的歡顏

二A

從鳴雷與閃電中　你走來
為給他們尋覓新的食糧
冒雨淋水沖涉斷崖之險

看電鞭雷殛　數百條溪澗水蛇般蜿蜒
你穿行其間　迎向一些美一種價值
——你從多雨的響聲中走來
為給他們帶來新糧

北冒雨上來這兒又滑又陡的山坡，萬一她們來了後，竟看不到我這做主人的在臺階迎她們，豈不失望心冷？這樣一想就無論如何也要冒雨走下山去，於是我一下子鼓起了勇氣直衝進那閃電交加的雷雨中去，雨大風狂，連傘都撐不住了！走著走著，腳底下，山壁上都是橫流的澗水，看起來夠洶湧的，而山徑泥濘，石階又長，好容易掙扎到了下面的辦公室已衣履盡溼，當時留守在辦公室裡的趙教官一見了我便說：「您這刻走下來太危險了」，一面讓工友找了一塊乾毛巾遞給我將雨水擦乾，又用電扇將我淋溼了的衣服稍稍吹乾，因時間已不容許我再走回去換一件乾衣服了。一面還擔

二B

我們在山中　住居於翡翠的帳幕
那些曾經仰望的群山
此刻這樣近　是這樣近

隔著薄薄的窗紗　伸手即可觸及
那片深厚綠意　不論晨夕
以各種不同的氣勢姿容和旋律
重重將我們庇蔭

三A

心著在這樣惡劣的天氣，被請的女詩人會不會來呢？然而女詩人們畢竟還是來了，座談會如期進行，心裡比甚麼都高興！這僅僅是一個小例子，訴說我這方面的感受。至於同學們呢，他們年輕的心更是充滿了興奮，每天每天見到不同的詩人和作家的廬山真面目，聽取他們出自真正心靈的寶貴知識和經驗，緩緩地為他們揭開詩或藝術的奧祕而他們自己也

努力啊　努力
一路是花香草翠以及流汗後的歡愉
閃光的山嶺啊　青青的歡悅正成長
新的歌聲甜美　新的血液流暢
翠鳥在山中，都有光潔的毛羽
天使們俯身下望　展翼於夢幻的年齡
被祝福的年華之上
溪澗反照著清澈靈魂的影子
有嘹亮的聲音在動人的七月合誦中響起
年少的繆斯們加油　加油
少年繆斯是夢裡閃亮的眸光

正懷著期望的深情，期待自己有朝一日，加入詩的星空發光的星群！

——一大撮迷人的欣喜
那些期許的青枝將匯成綠葉萬千
等待著色彩的明天
在頭角崢嶸的山嶺

三B

十四個日升月降　我們散步在彩虹的橋上
聽歌唱的繆斯　看奇妙的雲　結友誼的鏈
啊！夏日時光是歡樂時光
我們的歡呼隨日昇而飛揚！
真想把這歡樂之源的陽光釘在此

釘在一個精緻的畫框
到了冬季便成不凋的記憶

然後白晝消歇　星星一顆顆出現
燈火也從一方方窗框醒亮起來
夜遂以無比美妙之姿從霧巒中升起
——我暗夜之希望　甜美的焦慮啊

多少片晚霞　多少顆星粒
多少露珠的碎琴沾我衣　溼我足
我在星夜徘徊瞻望　因我是星的孩童
要長大成一顆星！

六十年六月《文壇》一三二期

姜德比妣

——南印女傑的故事

姜德比妣
德干高原的星光
照澈了她祖國最危疑的暗夜！

生於斯土　根深若是
縱然遠嫁　依然是
她父親的女兒　臣民的公主
當亞梅德納伽瀕臨危亡的邊緣
她焦急地撥轉馬頭奔赴……

後記：

本詩取材於糜榴麗、糜詠麗姊妹編著的《印度古今女傑傳》中「南印女傑姜德比妣」的故事。亞梅德納伽是南印度德干高原上的一個回教國家，姜德比妣為亞國公主，她英勇果敢，從小就隨軍出征。及長嫁給鄰國別駕城國王為后，夫死後她曾輔幼主為攝政；而當她父親的國家遭強敵阿克巴大帝侵凌時，她匆忙歸寧赴難，

座騎下白馬像雪
馬頭前血紅的旗幟飄揚
往事如烟而思潮如雨
父王已死　幼主年少
鬱鬱的山嶺　潺潺的流水啊
故土有驚駭和危疑在等候！

面對阿克巴大帝強悍的軍隊
姜德比妣公主毅然在絲袍上披上征衣
風中雨裡　烈日暗夜　處處都
映現著姜德比妣尊貴的身影

由於她的勇毅與智慧以及人民對這位公主的愛戴，她和她單薄的人馬終於挽救了自己垂危的國家！

她手執長劍領導臣民積極備戰
然後她走上了摩愛僧的高塔
向上蒼虔誠祈禱！

當敵人如潮水湧進而援軍不至
亞梅德納伽以眾寡懸殊之勢起而迎戰
城破
姜德比妣大聲呼喚：「不成功便成仁！」
「用我們的血肉填補那裂口！」
「孩子們，你們願意犧牲祖國
還是犧牲自己？」

「我們但願死在崗位上！公主」
壯烈的回音在夜色裡無盡地起伏著
這樣他們用死屍填補了那城牆的決口
用自己的身體砌成了銅牆鐵壁
常勝的阿克巴大軍終於失望而退……

在全國慶祝勝利的歡樂聲中
姜德比妣坐在大殿上回想停息了的驚險戰鬥
一面對姍姍來遲的別駕坡的援軍將領說：
「將軍，我們的工作已經完成
請自去休息吧！」

五十七年六月二十一日《青年戰士報》

歡樂年年
——「十二月令圖」觀後

一月

雪覆山岡　卻又
霜一樣地鋪陳在庭院樓廊與屋瓦
冬日的爐火別樣溫馨　就像謎樣的叮嚀
緩緩的節奏　孕育著童年
戶外兒童堆雪人為戲　歡嘩成群
老者拈鬚微笑　皎皎的視線落向遠方
久遠以前　母親曾為我堆僅有的一個雪人

然後如雪般消隱　祇留下
一片潔白的朦朧在心頭
一個代表著愛的名字！

二　月

燈光如水浸溼了長街，人在橋上
人擁街頭　轉折的長廊儘是燈影
這一片光輝的世界誰能不喜愛？
從神到人到動物與花果全披上了光的衣袍
古人便一年一度從規律的生活中流放
盡情地去追逐那美的形像。逝去的流水啊
古人和燈市　今後只有從華西街古廟的香煙裡

去印證些許昔日燈集的盛況
而寬闊的馬路如海　終日喧嚷
臘梅花已經放香……

三　月

有那樣的香訊　我又嗅到春的歡悅
杏花江南雨　為她平添幾許媚
遠方的山　近處的城　池塘與阡陌
全都揚起了深淺高低不同的綠意
深閨的小女兒也都走出了繡閣
鞦韆上長袖飄舉　長裙飄拂
薄暮時依然輕掩朱閣

屋外柳色濛濛　近處撲鼻的花香
城外春漲一江花雨
遠方有行旅走遍天涯

四月

渡過了淡淡的三月　他們便開始忙碌了起來
四月大地如錦　節序這般暄妍
季節的步姿逐漸加快
蜂蝶往來飛翔
農人忙耕稼　婦女們忙鍼黹
士農工商全都辛勤作業
唯孩童的歡樂隨紙鳶而飛揚……

文人們賦詩品茗　趁溽暑尚未來臨
因為棗花桐葉幽香如酒
薔薇花就將開放

五月

湖水湖煙多嬌媚　細雨打溼了泥土
呼喚著牡丹與蓮荷
千紅萬紫的豔麗——
此間春已暮
戶外有人打著傘走過
結伴採桑織縑製裳
一片家居的安祥

文章信美又怎樣？
「挑得詩囊　拋了衣囊」
穿簾燕子雙飛去——

六月

綵橋含煙　忙碌喧騰著
夏又來臨　以龍舟相迎
迎於房舍之外　河水之上　萬頭齊集
一片瀲灩波光　在這多彩的節日
樓臺高聳　翠柏與蒼松
花朵在足前含笑
人間總愛昇平與歡樂　有誰真能體驗

當年那瑩潔的靈魂　投水時的
孤立無告與悽愴？　人們說：迄今汨羅江
仍嗚咽著他心碎的浪花。

七　月

七月置大幅顏彩於水上
太匆遽了　一年又半　在荷陰裡
且偷半日閒　小舟盪過
船舷邊還是綠肥紅瘦
憶著古昔情韻　走過九曲橋欄
橋在近處　虹在遠方
流水如何流轉　世界如何變動

柳蔭濃垂　綠荷飄香
——這一切都成一幅小巧精緻的畫屏
在鱗次櫛比的蜂窩式的公寓裡無處可放

八月

焚點香煙　紀念祖先
然後馨香祝禱　一如意郎君
這是深閨少女們的百年心事
於天上鵲橋雙星相會時
啊！正屋與廂房　月洞門的牆
平臺亭榭樓閣　還有雕欄與長廊
——這都是少女們的夢願

她們乞巧於乞巧日　在小園香徑
結綵縷　穿七孔鍼　看五色雲
等著那月下老人的紅線牽

九月

從植有芭蕉的外院走向內院
主人迎於階　攜手同上高樓
憑玉楯睇層雲　望月與祭月
圓月　詩人歌頌過千萬遍
人們仰望過億萬遭
神話的彩雲遮掩了她的真面
有一天（民國五十八年夏天）

有人扶搖直上廿萬哩　登上了夢中月土
——整個地改變了人們的生活觀念與價值
是古人所不能想像！

十　月

十月文士雅集
長風送秋雁　滿院菊花黃
晴窗早覺　空氣那樣沁涼
是吟詠詩章的好時光
他們如此推崇那傲寒霜的氣節
然後遍插茱萸
登高懷遠　於重九日

啊！年年客裡重陽
我們的黃花氣節呢？
我們的家園何方！　鄉愁十月更濃

十一月

十一月是最悠閒的歲月　對於古人
因為農事已了　稻米都豐收
衣帶飄然　走過紅漆的欄杆
松竹的庭園　去覓二三知己
作畫吟詩　優游歲晚
奔忙永無止息的是我們
整年經月在噪音和喧囂中勞作

於是我們渴望閒適
如在炎日下渴望一庭疏影
也能盡情地讀書吟詠

十二月

歲寒不凋
人在蒼松翠柏裡
仍然蒼勁　仍然一片昂然的生意
——縱然你必須忍受一切寒意
那樓閣亭榭　生活起居
仍井然有序
在大儺之日

家家戶戶忙碌著灑掃整飾
為準備一豐盈無比的
歡樂年年

六十年元月《中央月刊》

終輯　寶島風光組曲

那些山、水、雲、樹

那些山、水、雲、樹
每以永恆的殊貌或行或止
特別是樹
總是無限寧靜地立著
時以風的翅膀激揚起它們的翅羽
觸及了一種飛翔——
似無數對張開的渴望
它們一齊向山舉目

【詩評】：

在傳統的中國山水畫裡，「山、水、雲、樹」是必不可少的組成成分，自古詩畫本一律，這首詩就是運用詞句語言（而非顏料畫筆）作為材料，描寫山、水、雲和樹，繪製了一幅酷似傳統國畫的山水風景畫。

對這些人們常見的景物，詩人的構思和描寫是獨具特色的。如，詩中的「樹」既沉靜穩重（「總是無限寧靜地立著」），又昂揚奔放（「一齊向山舉目」，「意欲飛去/飛往山林絕處」），還有光彩奪目的一面（「燃熠在南方眾樹中的鳳凰木」）等等；又如「山」，看似冷漠（「山的沉穩」與「峻高」），實則有情（「無限含蘊」，「那片

——燃熠在南方眾樹中的鳳凰木
向山舉目，意欲飛去
飛往山林絕處，因為只有山的沉穩
無限含蘊與峻高以及
其上果木濃實的垂蔭
那片深蒼的蔥翠緊緊吸你引你

於是泉溪汩汩從山流出
昂揚清淺且蜿蜒
繞山繞樹繞著那原野與峰谷
綿密曲折而又逸興遄飛
躍升為雲，降落為水

深蒼的蔥翠緊緊吸你引你」）；再加「水」，時而蜿蜒曲折（泉溪「繞山繞樹繞著那原野與峰谷」），時而昂揚升騰（「逸興遄飛」，「躍升為雲，降落為水」）等等。

正是由於有這些多層面、多角度的描寫，使「山、水、雲、樹」這些常見的景物不再呆板而平淡，而是具有了勃勃生機，帶上了詩人的個性和感情色彩。反覆吟詠之後，我們

成為無限輪迴的滋澤
那豐美繁茂舒暢而愉快的存在。

可以發現，詩人用詞句語言繪製的這幅山水風景畫由於沒有受畫面篇幅的限制，全詩具有比較強烈的動感，詩中景物似乎具有人的思想感情，這更能激起我們對詩中景物的想像力。

——朱徽《青鳥的蹤跡》（爾雅出版社）

金山・金山

——青春的島嶼

金黃湧向海岸
蔥翠升起山岡
滿盈的藍滴下
海將天拉成了它的另一半
那兒便為永豔的陽光塑成一座青春的島

凡年輕的心都嚮往那兒的綠水藍天
橋畔曲欄　臨海高臺
處處都飛翔著快樂的精靈

那掩映在松林裡如童話般的小屋
更是無恆產如我這般作者的夢魘

笑聲嘩啦啦地成千波萬浪
飽風的帆孕整個海歸來
使落日潛泳成次日的晨曦
使夜晚有營火的繁花開放
更升起和星光比美

六十一年三月《幼獅文藝》

蘭陽平原

——從蘭陽平原這隻初醒的眼睛
去探視寶島美麗的丰采

大批的綠迎面而來　從平原
從山崗　層巒疊翠
就不見山底蒼褐　只見
綠色錦緞密密地裹住那
深山　夢谷　更接壤
明淨的藍天
山在左
海在右
我和山海作壯闊的三人行

穿松濤與波濤的涼風
等你成長　等你成熟
等著你全然成長後的姣好

平原是一望無際的蔥翠
稻田是整塊潤澤的綠玉舖就
且鑲嵌大片純金色的陽光
風起時便湧起可愛的翠浪……

看深青色的海水這般森冷
縱然岩石們日日觀望
也看不透太平洋的深和廣！

在山和海之間的蘭陽平原
依然是純樸清新的早晨
再過去　是蘇花公路疊起的高潮
以及光輝炙人的正午

五十六年九月四日《新生報》

到南方澳去

到南方澳去
看陽光的金羽翱翔在碧波上
有活潑的銀鱗深藏在水中央……

到南方澳去
穿過原野耀目的水彩畫
經過半睡眠的山崗
去探初醒的海洋
去訪鯖魚與鰹魚族的家！

【詩評】：

詩人筆下的南方澳是幅色彩亮麗而絢爛的畫面：在「藍的天　白的雲」下面，在「深青色的海上」，是「紅色的黃色的綠色的漁舟」；首節整飭工穩的對句又為這幅絢麗畫面增添了新的色彩：「看陽光的金羽翱翔在碧波上／有活潑的銀鱗深藏在水中央」。詩人描寫聚集在南方澳的漁舟是「小巧的腰身　小小的樓」，繼而又說「小小的希望　小小的歡笑」，用兩個「小小的」來修飾本屬抽象意義的「希望」和「歡笑」，凝聚在那些小小的漁舟上，這就在語言的運用上出了新意。詩人對南方澳風貌的描繪比較細緻而鋪陳，相比之下，對南方澳的主人——世代生活在這

到南方澳去
那漁船兒蝟集的港
那紅色的黃色的綠色的漁舟啊
小巧的腰身　小小的樓（註）
小小的希望　小小的歡笑

藍的天　白的雲　鹹味的空氣和海
波濤是風的足跡
老漁人的臉是歲月的雕塑　在深青色的海上
勤勞　流汗　向養育他們的大海索取食糧
——那永不枯竭的海的寶藏！

五十六年九月《新生報》

的漁民們的描寫卻十分簡潔：「老漁人的臉是歲月的雕塑／在深青色的海上／勤勞　流汗／向養育他們的大海索取食糧」。僅「歲月的雕塑」這一比喻意象，就非常形象地展現了老漁夫長年在海上捕魚勞作的勤勞與艱辛，實是言簡意賅的典範。

——朱徽《青鳥的蹤跡》
（爾雅出版社）

註：在南方澳的漁船。多有小小的層樓。

礁溪的月色

礁溪的月色好　誰看？
當如水的月色　從藍天的湖沼溢出
光潤了林叢的黑髮
濡溼了茸茸的草地　復鍍亮了魚躍的池塘
遂渾忘了「吳沙館」外的世界。

我僅知這一方林園的靜謐
隔絕了擾攘的繁華——
似半人半神間的一方空曠

今夜我們可從容地掬起這薄薄的月光
更傾聽夜以萬種寂靜過此園林……

而月暈如你微笑的渦
「明天將有風」　她們說
驀然回首　如霧起處　林葉的百褶裙裡
正藏著詭譎的精靈
如風起時　便閃動顫慄的幽影

而園林外有稀落的木屐
正敲響這冷寂小鎮的長街
如夜半柝聲　在山海的那邊

倘星光如鑲鑽的髮網移轉
我們將浴冷冽的月光　而非溫暖的泉水

五十六年九月《新生報》

五峰瀑布

仰看飛泉　可望而不可即
從觸天的高處　一躍而下　作三級跳
然後嘩嘩地奔入幽壑
似千古輪迴之祕　再化雲變雨

匆匆一瞥那飛瀑　於蘭陽山水的幽隱處
短暫？　永恆？
它依然從山嶺飛躍　馳雪般地奔赴於雪原
——依然像頑皮的年少

小記：

五峰瀑布位礁溪郊外的五峰山上，來臺十餘年我還是第一次看到它。而那天為了時間所限，只在山麓仰望了一下，未及登臨仔細觀賞。五峰瀑布雖不及臺北近郊的烏來瀑布那樣聞名遐邇，其實它比烏來瀑布更壯觀，只是未經人工好好地加以整理和開發！

而我們卻驅車離去
也許那初晤便是永訣
因我們到底不是林棲者
——是萬丈紅塵中偷閒的過客

五十六年十月《新生報》

燕子口的佇立

那兒有風　來自
插壁的雲天和下臨無地的深淵
剪紙的燕子往復飛翔　無分春夏

啊，唯身經百戰的戰士是英雄
唯英雄們的手能執起這樣的鬼斧
鑿出這樣的神工！

用豪華的大理石為澗水鋪路

那圖騰便是河流過時的足跡斑斕
我們的路穿行藍天與無地之間
如神族們的步姿……

而這刻岩上谷旁植滿了各國移來的植物(註)
正用不同語言的花朵和百種聲音
驚嘆這兒的神秀——
於是我也分享了祖國河山的榮光

六十年三月《中華文藝》創刊號

(註)：五十九年六月十五至十九日，第三屆亞洲作家會議在我國召開，到有中、越、韓、菲、日、泰、印度、伊朗、印尼、新加坡、馬來西亞、澳、紐等國代表共百餘人，十八日全體代表應邀飛赴花蓮、太魯閣遊覽，曾在燕子口下車佇立觀賞良久，對此間景色以及榮民們的豐功偉蹟驚讚不已。

內湖之秋

到千山中的湖水去
湖水映照千山
山脊馱寺廟與千古照耀之月
香煙與霧靄裊繞……

蒹葭蒼蒼　石階嵯峨
青青的湖水與尚未白頭的山嶺
心底有一片溫撫的淒清
氤氳成一種平凡的虔敬

靜坐上午山頭　凝我半日煙霞
玉色水聲的清冷裡
你要豐盈守候
那魚返故水的欣悅

一段適當的距離　此間和都城
這距離就足夠推開
那虛飾的榮華和
無盡的擾攘……

薄雲蔭我稀珍假期

我去千山中訪湖水
找一塊質樸的完整建立心中殿宇
捨棄那龐大的破碎

溫泉小鎮

——記四重溪

那兒並無風景　無繽紛的林木
亦無城市的喧鬧和耀眼的霓虹
只有白色蒸氣的氤氳終年瀰漫
是小鎮居民唯一的財富

一些小雞雛　一些孩童
孩子們在溫泉邊迅快地長大
老人們在長年的氤氳中銀髯似雪
鎮上唯一的大街通往山的起頭

【詩評】：

離屏東市不遠的地方竟有如此幽靜美好的地方，與臺北大都市的喧囂和耀眼的霓虹正好形成鮮明的反差。作者所看中的並不是溫泉小鎮的優美風景和繽紛林木，而是人際關係的和諧和感情的淳樸。「孩子們在溫泉邊迅快地長大」，不用擔心有黑社會勢力的滲入；「老人們在長年的氤氳中銀髯似雪」，無憂無慮地過著如閑雲野鶴的生活，這簡直是一個和平寧靜的神話世界。難怪詩人忽生奇想「在此住下，變成他們中間的一員」。

小鎮環境較之都市的喧囂紛擾、明爭暗鬥，當然事簡人靜，剛從侷促於都市的狹小空間中走來的詩人，自然會敏銳

偶有過客從街心走過
他（她）們便一齊睜大眼睛凝望
任如何狡黠的陌生人也無法從他們眼中隱藏！

我忽想在此住下　變成他們中間的一員
脫盡了臺北的繁華和激揚
選一個南方清新的小鎮住下

像單純的居民一樣質樸
我祇要有那淡泊的雲天和一襲時間寬大的衣袍
我便有了足夠的安適和富庶

五十八年三月〈青副〉

地感受到小鎮生活的清閑舒適。「我祇要有那淡泊的雲天和一襲時間寬大的衣袍／我便有了足夠的安適和富庶」，這是全詩的畫龍點睛之筆，表明了作者與世俗之輩不同的價值觀與人生觀。

——古遠清《看你名字的繁卉》（文史哲出版社）

眾樹歌唱

——記溪頭臺大實驗林

思最初　一切尚未形成
未綠未茂——
唯無著的洪荒瀰漫……

此刻這兒沙沙著都是杉檜的名字
眾多如流水的名字——
它們舉起了煥然的光華
鋪陳著深沉與寧靜
形成無邊的仰望

仰望　更勝斧斤之姿　挺立
以成行成叢成片的井然
一齊指向天空——
為這眾多意象協力的高舉
天空遂壯闊起來

杉林檜柏
雲的白髮緩緩地掠過樹梢　念及過程
眾樹歌唱

古城

為我們啟開了「南方之旅」的是古城
等假期終了　我們迴首
古城竟落入一位現代畫家的畫中
——在精工製造的各種時計之上
我仍然喜歡那古城的質樸和親切
而歷史的積塵卻逐漸將光輝磨蝕
他們說：
「登赤崁樓可以觀海上落日的雄偉」

然而登今日的連雲大廈
人們所見會更美更壯闊（可是並無人稱奇）
當一個普通市民的公寓就可和那樓頭比高
無情的流水啊千萬別讓我們落後！

我依然深喜古城中質樸的風和溫灼的陽光
我依然到赤崁樓廳堂的一角
憑弔那已被剝蝕了的「春暖鞋街」的路碑
追懷著一代英雄走過的佳美腳蹤……

啊，無論如何燦美的時光

總有幾分落寞　在十一月的深秋
不管怎樣雄偉的海洋
總有幾分蒼涼　在日落時刻

但即令衰老的古城因年邁而傾圮
它又會在一位現代畫家的畫裡再生
——在精工裝製的千百時計之上
在另一個大城裡　以迴然不同的姿態

五十八年元月《成青》

阿里山有鳥鳴

阿里山有鳥鳴　鳥鳴深山裡
飛來從乳紅色的晨霧裡
飛進那片濃密似永恆的蒼翠

鳥引頸長鳴　歌嘹亮清洌
劃破林子迷人的霧靄
就像一道閃電
原始的森林瀰漫著不可觸知的神祕

【詩評】：

這首詩描寫臺灣阿里山的原始森林，氣勢宏大，撼人心魄；這在以纖秀細膩為主要特色的蓉子詩作中並不多見。

詩人就以下幾個主要特徵來描寫阿里山的原始森林。一是樹多：「巨人族的長老們子孫繁衍／居處佈滿了整座岡嶺」；二是枝葉綿密：「葉蔭如深水綿密　我們置身其間／如從湖底仰看那難以企及的翠

葉蔭如深水綿密　我們置身其間
如從湖底仰看那難以企及的翠宇

古木巨幹　遮掩了如畫的藍天
這兒巨人族的長老們子孫繁衍
居處佈滿了整座岡嶺

扁柏的弟兄　紅檜的姊妹　松杉的宗親
具享彭祖的高齡　百歲而死猶算夭折
人類的古稀還似它們的童稚

不停地它們長高長大　立腳豐實的大地

宇」，「昨夜流亡的星辰無隙進入它們的領地／今早火熱的太陽也祇能在樹梢上徘徊」；三是挺拔高大：「枝幹挺直茁壯　遠超出我們的仰望」；四是高齡：「具享彭祖的高齡　百歲而死猶算夭折」；五是穩重：「它們安土重遷　從不流浪　永無鄉愁」等等。至此，阿里山原始森林的雄奇風貌已經展現在我們眼前了。

然而，全詩的點睛之筆卻是位於開頭和結尾的鳥鳴。詩中描寫阿里山的鳥鳴，具有一種神秘而崇高的色彩，令人神往。古往今來，高明的詩人藝術家都懂得運用對比的藝術：用聲音和動感反襯寂靜，寂靜則更顯深沉，如一味描寫寂靜，勢必平淡無奇。中國古典詩歌

枝幹挺直茁壯　遠超出我們的仰望
不因年邁而減其眉鬚蒼翠
時光在那兒緩慢下來幾至停留
松樹靜立著看風景　千年就如我們的一天
因為它們安土重遷　從不流浪　永無鄉愁

看濃蔭織密了它們的空防
昨夜流亡的星辰無隙進入它們的領地
今早火熱的太陽也祇能在樹梢上徘徊

雲嵐湧動　氣象萬千
春來時泉水歌唱　蜂蝶飛舞

中有許多這類佳例，如「蟬噪林愈靜，鳥鳴山更幽」（王籍），「忽驚鳥動行人起，飛上千峰紫翠間」（蘇軾）等等。蓉子深得此中三昧，她繼承和發揚了中國古詩的優良傳統，嫻熟地運用了對比的藝術技巧，以鳥鳴來襯托山林。詩人筆下的鳥鳴極富浪漫和神秘色彩：「飛來從乳紅色的晨霧裡／飛進那片濃密似永恆的蒼翠」，「歌嘹亮清洌／劃破林子迷人的霧靄

四重與吉野櫻滿山滿谷(註)

人們跋涉長途　攀百丈崎嶇
為探山和森林的祕密　而嵐迷津渡
終無法看清彼等真容

櫻花凋落於楚楚的瞬息
鳥在有限的空間飛鳴　唯松柏傲立
一切聲音都在林間寂默　形成那不能觸知的奧祕

／就像一道閃電」。在這「百丈崎嶇」、「雲嵐湧動」的阿里山，使詩中的原始森林顯得更加雄奇壯麗，沉靜隱秘、氣勢非常宏偉，達到了很高的藝術境界。

詩的結尾「鳥在有限的空間飛鳴　唯松柏傲立／一切聲音都在林間寂默／形成那不能觸知的奧祕」，是感覺敏銳的詩人置身於如此環境，對「有限與無垠」、「有聲與無聲」以及「感知與奧秘」等頗具哲思色彩的問題發出的感慨，啟發讀者去體味和思索。

——朱徽《青鳥的蹤跡》
（爾雅出版社）

註：四重櫻、吉野櫻皆阿里山盛開的櫻花品名。

澄清湖之憩

豔陽雕飾南方的林園
那白晝繽紛在花間
葉子們因歡悅而歌　且垂下前呼後擁的影
天藍而寂　鳥翅正長
一朵雲馳過來　我們長長的憶便觸及幽涼
而年青的綠迷人的紫一起溶入了湖水……

園外有馬蹄得得　踏響水聲蜿蜒的長徑
你如何再向前　最響亮的喊聲在此

愉快的呼喊在林間和水上
那園丁不停地奔忙　土壤厚實
你便有一季豐盈的長夏
你如何再向前　跨越此間湖水的澄清？

當拱形的夜幕垂落穹蒼
所有的豪華便一起舉向天空
你憩息在多夢的小屋　湖山東轉
星子成群地經過窗櫺
毋需守望——
晨鳥將啣來黎明的無限和沁涼！

六十年八月《文藝》廿六期

墾丁公園

我們從未這樣地向南方走去
在十一月的晴朗裡　穿越無數城鎮山嶺
去到南方的南方　到海的起處
島的盡頭　去看
昔日海岸　今日奇異的林園

那兒巨人族的樹正紛紛灑落翠湖色流蘇
把整個園林覆蓋　使成一夢中的伊甸園
啊　如雲的綠意遮蔽了藍天

遮不斷豔陽縟麗的光華
從密葉間冉冉漏落　凝聚為不秋的溫馨

那兒綠樹如繁花般多姿
銀葉樹的板根是不需斧鑿的大舢板
大榕樹的氣根盤結交錯
緊攀泥土　似欲將整個天地抓住
——任何風暴也無法將它搖動

和巨人族的樹相較
人類是多麼羸弱　膚色蒼白
臉上佈滿了憂慮的紋痕

極易為沮喪的鋸齒鋸斷他脆弱的生意
遠不如綠色的樹這般怡然

當陽光的金葉隨處散落
春猶佇留在南方熱帶森林的濃蔭
我們就這樣穿越了整個的島
去看南方不凋的豐茂　大自然的欣悅
與歌聲中無盡的祝福

【名家評論】

青蓮的聯想

鄭明娳

讀女詩人蓉子的〈一朵青蓮〉，低徊再三。

青蓮不是得天獨厚的植物。她生長在污泥中，必須「越過這兒那兒的潮溼和泥濘」才能超然的「在水之田」。出土後的環境仍舊只是個廣寒宮：「祇有沉寒的星光」，她只能夠「在星月之下獨自思吟」。青蓮既有可供玩賞的本體，又有可供傳誦的芬美，內在外在俱有可觀，可是她只能「在星月之下獨自思吟」。青蓮並沒有怨嘆，她只是「一朵靜觀天宇而不事喧嚷的蓮」不干求人，也不逃世，在生的奮鬥中，也許使她流血淌汗，因此「儘管荷蓋上承滿了水珠」，「但你從不哭泣」，她嫻靜柔美，但並不是軟弱，也從不向命運投降，青蓮始終擁有「蓊鬱的青翠」、「妍婉的紅燄」且靜定的「從澹澹的寒波　擎起」，把青蓮出淤泥而不染且柔韌強勁的生命力表達無遺。

這首詩中沒有出現「我」，只有「物」，可是「我」一開始就藏在裡邊，作者極為喜愛那幽絕、靜絕、美絕的青蓮。

認識蓉子的人，遲早會發現，她竟是自己筆下的那朵青蓮。她每天穿梭於「這兒那兒的潮溼和泥濘」的泰順街，卻能「如此馨美！」她是個細緻婉約十分古典的女子，卻生活在工業文明的都市中心，她總是「靜觀天宇而不事喧嚷」。歲月無情的在她「荷蓋上承滿了水珠」，她卻並沒有沮喪，不停的詩筆「仍舊有蓊鬱的青翠　仍舊有妍婉的紅燄」，在文壇上「從澹澹的寒波　擎起」，她是一朵長青的青蓮。

再看蓉子《維納麗沙組曲》中所建構的完美女子，其品質竟然也完全和蓉子的特性吻合。仔細觀察就知道，原來蓉子在長年詩藝的創作中，不斷形構理想的女性典範，而她竟是同時身體力行的實踐在自我的修為上，她的詩作正是她精神努力的記錄。所以把蓉子的作品跟她本人對照來看，可以見證她人格與詩格的雙美。

讀蓉子的詩，如讀蓉子的人，總是讓人喜愛、讓人敬仰。

——原載一九八八年三月十一日《大華晚報》，
摘錄自《永遠的青鳥》（文史哲出版社）

集後記

自從五十八年秋天以「藍星叢書之七」出版了我的第五本中文詩集《維納麗沙組曲》後，迄今已四載未曾再出單行本，若說是缺乏稿源，不如說因缺少財源（印刷、排版和紙張節節高漲）；而比金錢更為嚴重的是個人時間的缺失，加上心情嬾散，致使這冊原本和《維納麗沙組曲》是雙生姊妹的詩集，一延再延，直拖到四年後的今天方結集——如果不是好友蟬貞姊的鼓勵以及以弘揚純正文藝為己任的三民書局給予出版上的方便，說不定還會拖上一年半載才能和讀者見面哩！

人常以「文窮而後工」來期勉作者，此語卻不太符合真理和事實。即使一個作家能忍受一切物質上的缺失；但無法忍受時間上的貧乏。沒有充份的「時間」，將如何去營建心靈的偉大工程？這「工程」原來就需要吾人全力以赴的。不幸的是整年經月為各種繁冗紛雜所困，為各種不同性質的工作所驅策、連想要把那朵朵已經開放的茉莉花串連成一串像樣花束的閒暇都付闕如，更遑論其它了！

現在我終於陸陸續續把它們整集在一起，並定名為《橫笛與豎琴的晌午》，共五十二首詩，因內容而分為四輯：首輯「舞鼓」含十二首，全係我五十四年間應邀訪問大韓民國歸來後的產物，這一輯詩大都發表於五十五年四月至八月的《華副》，祇有〈舞鼓〉、〈瞻星塔〉和〈古典留我〉三首於稍後發表於其它刊物。次輯「一朵青蓮」也包含十二首詩，發表的時間前後參差幾達十年之久，當然不一定是其中的每一首都值得保存；取捨之間難免滲進了我個人好惡在內。至於作為輯名的〈一朵青蓮〉倒是引起了個人以外的一些反響，這首小詩初發表於五十七年五月《中華日報》副刊，發表後一個月即有作家菩提主動地為文在《新文藝月刊》介紹，同年十二月被香港《中國學生週報》轉載。次年間，另一大型雜誌《文藝》月刊創刊時，曾將此詩作專題研究評介，由曾獲「文協」文藝理論獎的周伯乃先生和詩人辛鬱分別執筆在同期發表。這首詩也已先後選入日譯《中華民國現代詩選——華麗島詩集》，英譯《臺灣現代詩選》以及《中國現代文學大系》內，並收進早在五十七年由此間美亞出版社出版，現任教奧立岡大學中文系榮之穎博士翻譯的羅門、蓉子英譯詩選《日月集》中。在眾多詩篇中，這〈一朵青蓮〉稱得上特別幸運的了。第三輯「禱」共收十四首詩，內涵與篇幅均較第二輯略廣，它們已不全是狹意的個人抒情而更涉及自我以外的人、物、事象所加諸一己的感受。如〈端陽曲〉寫我崇敬的中國歷史上的大詩人屈原，我悲悼這位才情和人格同樣卓越而受忌讒的偉大沉痛靈魂。〈老牧人的一生〉則寫一位以基督的愛為出發點、無視於世俗名利的老牧師、其生命所流露出來的價值和光輝。〈山岡二重唱〉是寫一群年青的大孩子和作為他（她）們的導師間教學相長的喜悅——是我主持五十九年復興文藝營詩組的副產品。此外〈牡丹花園〉係抒歷史的鄉愁，〈城的聯想〉則從空間著眼、繪邦國的興衰。〈歡樂年年〉是集中較長的一首詩，共十二章，每章代表一個月份（從農曆合成相當的陽曆的月份），係從現代人的繁忙、通過「十二月令圖」而窺古人的從容與安祥——不管怎麼樣，古人有一種維繫生活的秩序；進入高速度的工業文明後，似乎原有的秩序像一盤棋突然給打翻了，人類頓失重心。另一方面、人追尋絕對的自由，矛盾的是人類的個人自由愈多，擾攘愈甚，失落也更多！因此我以為即使在廿世紀七十年代的今天，去探尋人與神、人與人的關係、人與事物間的秩序、仍不失為智慧之本。最後一輯「寶島風光組曲」共十四首，全是以寶島各處美麗風光為題材。我酷愛旅行，但為職務和工作囿限（時間不能由自己支配），無法多有旅遊的機會，以致有關這方面的作品也極有限。加上時至今日，人與大自然間的關係，需要重新調整——這一類的詩也特別不容易寫得好。我把它們留在這裡，作為我走過的一些痕印。唯詩人創作的軌跡絕不是固定的，如飛鳥的行跡，今天佔有這一方天空，明天又放棄，我結集了我的《橫笛與豎琴的晌午》後，希望能有新的創作道路在面前展開……

——民國六十一年五月廿一日　蓉子於燈屋

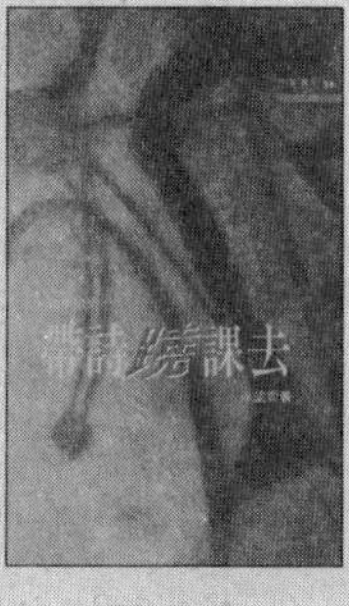

38 **帶詩蹺課去——詩學初步**　徐望雲 著

自由詩發展到今天，不管就文體或被接受的程度，都有許多問題尚待解決。本書以輕鬆的筆調、嚴肅的心情，一步步為您揭開謎底，讓所有問題的答案都赤裸裸地呈現。

75 **煙火與噴泉**　白靈 著

新詩的發展呈現出許多不同的風貌，如何延展它的生命內涵，是一項極為重要的課題。本書以各種角度，分析新詩的過去與現在，並對未來指出一條可行之路。

104 **新詩補給站**　渡也 著

以淺易有趣、實際有效的方法，教導讀者學習寫詩；將新詩運用於廣告上，值得關注和提倡。另有新詩的鑑賞、批評，及作者寫詩動機、詩路歷程及詩觀。

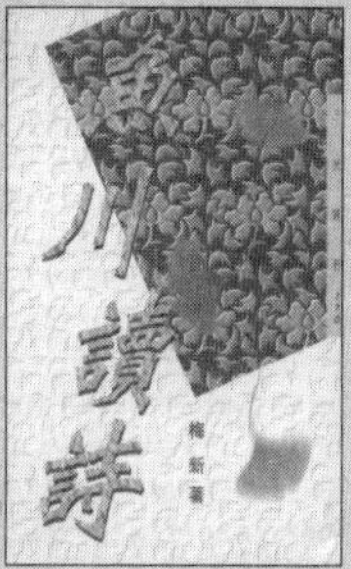

170 **魚川讀詩**　梅新 著

身為詩人、編者兼文學愛好者，《魚川讀詩》藉著不鬆不緊、從容不迫的談論，從多角度的觀察，引領更多讀者產生對新詩閱讀的興趣，刺激詩壇煥發出另一番美景。

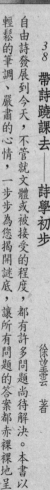

187 現代詩散論

白萩 著

白萩的詩風複雜多變，且與現代、藍星、創世紀及笠等詩社淵源深厚。他特別致力於探索現代詩的語言藝術，認為心靈有了感動才能寫詩。本書收錄了作者對現代詩語言、形式和發展現況的探討，以及對其他詩人作品的評論，尤可見其對詩歌藝術不斷的追求和探索。

215 冰河的超越

葉維廉 著

在新生的冰河灣初次與壯麗的冰河群相遇，面對這無言獨化、宇宙偉大的運作，喜悅、震撼、思涉千載，而激盪出澎湃磅礡的《冰河的超越》。作者為臺灣詩壇素負盛名的前輩詩人與評論者，書中收錄其新近詩作，是浪漫文學風潮下別具新意的作品。

260 臺灣現代詩筆記

張默 著

詩者，思也。詩之筆記，討論的是與詩有關的思想，記述的是與詩伴生的思緒。作者為當代臺灣詩壇巨擘，本書詳實的史料與中肯的析論，是研究臺灣現代詩者不可或缺的參考。

296 我為詩狂

向明 著

詮釋詩意不一定要用艱深難懂的學術語言，向明擅長於平淡處，以心靈的感受，直接而細膩的評析詩作，令人印象深刻，回味無窮。他談詩，積累數十年鑽研現代詩的深厚經驗，發而為文，能見人所未見，點出詩作的弦外音。

國家圖書館出版品預行編目資料

橫笛與豎琴的晌午／蓉子著.——增訂二版一刷.
——臺北市：三民，2005
面；　公分.——(三民叢刊:297)

ISBN 957-14-4182-1　(平裝)

851.486　　93023429

網路書店位址　http://www.sanmin.com.tw

著作人　蓉　子
發行人　劉振強
著作財產權人　三民書局股份有限公司
臺北市復興北路386號
發行所　三民書局股份有限公司
地址／臺北市復興北路386號
電話／(02)25006600
郵撥／0009998-5
印刷所　三民書局股份有限公司
門市部　復北店／臺北市復興北路386號
重南店／臺北市重慶南路一段61號
初版一刷　1974年1月
初版二刷　1989年8月
增訂二版一刷　2005年2月
編　號　S 850160
基本定價　貳元捌角
行政院新聞局登記證局版臺業字第〇二〇〇號

ISBN　957-14-4182-1　(平裝)